通州志略卷之六

郡人楊行中纂輯

官紀志

武額

分守一員。舊設鎮守，成化間，革爲分守，奉敕行事，管通州、武清、天津三處地方。

通州衛指揮，掌印一員，僉書四員，管屯一員，捕盗一員，巡鹽一員，存恤一員，帶刀一員，守衛六員，巡綽一員，經歷一員，鎮撫二員，左右中前後五所正副千户十五員，五所百户五十員，外帶刀守衛千户四十員，衛當該吏十一名，鎮撫司吏一名，五所司吏五名。俱吏部撥參。

通州衛係在京親軍指揮使司，故衛事多在京。

通州左衛指揮，掌印一員，管屯一員，捕盗巡鹽一員，領京操春班一員，秋班一員，經歷一員，知事一員，鎮撫一員，左右中三所正副千户九員，百户三十員。衛所吏典共一十二名。〔注一〕

通州右衛指揮，掌印一員，管屯一員，捕盗巡鹽一員，領京操春班一員，秋班一員，經歷一員，知事一員，鎮撫一員，左右中前後五所正副千户十五員，百户五十員。衛所典吏共十四名。

〔注一〕『吏典』，據文意及前後文，疑爲『典吏』之誤。

神武中衛指揮，掌印一員，管屯一員，捕盜巡鹽一員，領京操春班一員，秋班一員，經歷一員，知事一員，鎮撫一員，左右中前後五所正副千户十五員，百户五十員。衛所典吏共十四名。

定邊衛指揮，掌印一員，管屯一員，捕盜巡鹽一員，領京操春班一員，秋班一員，經歷一員，知事一員，鎮撫一員，左右中前後五所正副千户十五員，百户五十員。衛所典吏共十四名。

武職世襲，衛所額無定員。今所紀俱見任者，餘爲多餘官，不備計也。

戎帥

國初，中山武寧王徐達定通州，命官守禦其地。永樂間，置鎮守。成化間，革鎮守爲分守，至今仍之。

守禦

曹良臣，見名宦。

徐勵，洪武三年，調通州守禦。

鎮守

孫岩，先守禦通州。永樂間，進應城伯，鎮守通州等處。

劉斌，都指揮僉事，宣德間任。

陳信，字仲孚，都指揮僉事，正統間任。

陳逵，字弘道，都指揮僉事，景泰間任。歷升都督同知。

分守

顧璽，字廷玉，署都指揮僉事，成化十五年任，升莊浪參將。

王宣，見名宦。

胡震，字世威，署都指揮僉事，弘治十六年任。

張經，見名宦。

王勇，字志學，署都指揮僉事，正德三年任。資性豁達，循循雅飭。

黃璽，見名宦。

王玉，見名宦。

袁傑，字世英，都指揮同知，正德十一年任。

周召，字廷相，指揮僉事，以都指揮體統行事，正德十三年任。

玉蘭，字德馨，中武舉，加署都指揮使。正德十六年，以都指揮體統行事，分守通州。讀書有文雅。以地方事革回，會錦衣衛僉書員缺，有例選用武舉有才望者，本兵乃推蘭任之。

周璿，字天象，别號璞庵。神武中衛指揮萊陽伯長之孫，指揮源之子也。掌衛事，撫按交薦，擢署都指揮僉事，督江北漕運。尋轉通州分守，升馬蘭峪參將。轉坐京營，復改太平寨參將，仍取坐三千營。尋任參將，提督京城捕盗。未幾，擢都督僉事，佐理後軍都督府事，充總兵官，提督西廳，聽征人馬。以疾乞休。本兵謂其廉正謀勇，爲一時難得之將。奏准養病，候痊叙用。歸家，環堵蕭然，廳無新物。日與朋舊圍棋談道，嬉如也。通州武職以功名顯者，前後莫及焉。

崔昂，字季悦，署都指揮僉事，嘉靖四年任，升江西都司。

鄔佑，字天佑，署都指揮僉事，嘉靖七年任，升浙江都司掌印。知詩，善行書。

尹鎮，字世安，署都指揮僉事，嘉靖十一年任，升宣府順聖川等處參將。

樂鋭，字進之，署都指揮僉事，嘉靖十五年任，升馬蘭峪參將。

沈俊，字邦彥，署都指揮僉事，嘉靖十八年任，升萬全都司永寧參將，取坐京營，擢都督僉事，充總兵官，提督東廳，聽征人馬。

劉鼎，字宗器，署都指揮僉事，嘉靖十九年任。升浙江都司，轉備倭，升參將，領□廳□哨，聽征人馬。

馬陽輝，字世光，都指揮同知，嘉靖二十一年任。升大寧都司，轉山西平陽參將。

胡潭，字淵甫，別號南垣。定州衛指揮，升河間府守備，轉山海關守備。嘉靖二十四年，升署都指揮僉事，分守通州。

按：通州分守，永樂、宣德、正統之間，代各一人。其陳逵，則歷景泰、天順，以至成化十五年。王宣，則自成化二十三年至弘治十六年，何其任之俱久也。蓋當時體面尊而事權重，故人有定志，而官不數遷。自是而後，多不過三四年，少止一二年而已。噫！何爲其然也？

守備管三河縣城。

吴昂。

王玉，見通州分守。
崔昂，見通州分守。
何泰。
劉淵。　秦震。
魏堂。　張綱。
賈鴻。　張旺。
張鳴謙。　張鎬。
許昇。　高楫。
張世武。　孫詔。
施義。　劉秉忠。

衛職

通州設軍衛凡四。其通州衛爲親軍指揮使司，徑隷兵部，然公署置於州城，而城池地方亦與有責焉，統爲五衛也。設官自指揮以至百户，員無額數，且先後承襲，莫可勝紀。今所紀惟據各衛開報見任者而已。其先曾宦有聲望，及致位通顯，與夫致政見存，别有訪聞者，亦不可遺。其餘固不能一一備録也。

通州衛

指揮

孫岩，洪武間，以指揮守禦通州。後以功進爵應城伯，仍鎮守通州，至今世襲伯爵。
焦亮，字惟寅。祖八思台仕元，爲右丞。洪武中，歸附，授通州衛指揮，累樹邊功，進爵東寧伯。亮襲爵，至今世襲。
房勝，升富昌伯。
黄璽，見分守。
薛璽，字國信。升。
王龍，升山東行軍都司。
陸璽，升後軍都督府都督僉事。

馬驥，升江西都司。
白貴，字志高，正德間掌衛事。
王英，升河南南陽府守備。
李時，見名宦。
黄思敬，升山東運糧都司。璽之子也。
薛昇，字時進，又字子陽。璽之子，見掌衛事。
周□，□□□□□□。
華□□□□□□。
馮昇，字景陽。

郎鈺。

通州左衛

指揮

陶寧，字世安，先掌衛事。

葛鵬，字天翔，先掌衛事。

郭鳳鳴，字應祥，見掌衛事。

陳道。

葛鳳，字天瑞，鵬之弟也。

羅源。

蔡勛。

劉昊。

路卿，字朝用。原□所百户，納粟進級，升河間府守備。

經歷

姜廷秀，應天府溧陽縣人。

知事

雷彥福，陝西涇陽縣人。

通州右衛

指揮

曹淳，字景淑，别號南溪。先掌衛事，升紫荆關守備，以疾告回。
夏良臣，字國用，别號復齊，見致仕。
陳鴻，字惟信，先掌衛事，見致仕。
陳鎰，字萬之，見掌衛事。
吴愚。
陳美，鴻之子。
周淮。
白瓚。
朱勛。
奚偉。
湯輔。
夏儒。
李楝。
范杰。
千户
周鎧，字廷振。在任，有聲，人號爲周御史。
經歷
趙璋，陜西蒲城縣人。
知事
徐承芳，直隸無爲州人。

神武中衛

指揮

周廣，萊陽伯長之子，宣德六年調任。

王玉，見名宦。

張宣。

張玉，字世美。升南京運糧把總。

周源，字汝潔，廣之子。

王楫。

樊靖，見名宦。

周璿，見分守。

陶璋。

張鉞。

張鏜，宣之子。

黄正，字以公。

陶源，字静之，璋之子。

王沐，字廷恩，玉之孫，先掌衛事。

韓鉞，字静遠，湧之子，見掌衛事。

張淮，鉞之子，見武舉。

張維，字价夫，玉之孫也。

王垣，楫之孫。

陶繼勛，字世勣，源之子。
王津，字子問，沐之弟。
黄燦，正之子。
經歷
知事
定邊衛
指揮
陳信，升都指揮僉事，鎮守通州。
陳策，先掌衛事，信之子也。居官剛方不苟。
陳輅，字用殷，先掌衛事，策之子也。

朱宣，字廷召，先掌衛事。
吴浹，字維東，别號觀瀾。少入州學，爲武生，習舉子業，應嘉靖辛卯科鄉試，下第，遂襲職，選掌衛事。升永平府守備，轉建昌營游擊，遷鳳陽中都留守司副留守。
陳福，字天錫，先掌衛事。
馬繼宗，字□□，見掌衛事。
段昂。
焦澤。
蔣欽。

孟鎮。
孫堂。
朱九成，宣之子。
雷昇。
千户
吕琦，見名宦。
知事
李錀，山東安丘縣人。
經歷
劉滿，四川巴縣人。

興州後屯衛在三河城。
指揮
吴繼宗。
潘駿。
朱臣。
劉守約。
姜瑋。
王瓚。
孫景。
徐天爵，升平陽府參將。

經歷

劉東，淄朔州人。

知事

唐廣，山西應州人。

營州後屯衛在三河城。

指揮

徐昂。

劉尚仁。

趙承宗。

楊體仁。

經歷

朱永淡，湖廣桂陽人。

知事

湯應陶，直隸宜興人。

武清衛

指揮

許政，正統間任。

高原，正統間任。

龔瑄，景泰間任。

盧鑑，天順間任。

翁廉，天順間任。

張瓊，成化二年任。

張永，成化間任。

賈通，成化間任。

李良，成化間任。

鎮撫

周英，成化間任。

丁瓚，成化間任。

經歷

知事

名宦

州

國朝

韓約，永樂初通州知州。有學有守，爲政有方，吏不能欺，民懷其德。見《一統志》。

何源，陝西涇縣人。由舉人天順間本州知州。修州治，教民種桑棗，身親勸課。厘奸興利，不畏强禦，治甚有聲。升湖廣襄陽府知府。至今人猶稱之。

傅皓，河南祥符縣人。由舉人成化間先任本

州同知，治得民心。秩滿，百姓赴吏部懇留。會本州缺知州，即升任。性慈愛，爲政務順民情，不任刑罰。將滿，民又乞留。相傳加布政司參議，管州事。前後二任，一十八年。

邵蕡，字文實，浙江餘姚縣人。由進士弘治間任本州知州。温雅明達，煦煦愛民，政舉民懷。升刑部員外郎，累官四川布政使。

葛洪，由舉人弘治間先任本州同知。有治才，與知州邵蕡同。時蕡迎父就養，父至州，謂蕡曰：「我自南來，只聞通州有好同知，不聞有好知州。」蓋以是言激其子，而洪之賢亦足徵也。後升知州。

鄧淳，山東平陰縣人。由舉人弘治間任本州知州。□□□□□□□□□涕視之，朝寬其役，民俱感悦。升南京宗人府經歷。

葉清，浙江蕭山縣人。由進士先任知縣，升太僕寺寺丞，左謫，歷升本州知州，正德三年任。性剛毅，練達治體。到任之日，戒諭僚屬及吏典以下及里胥輩，各當其職役。聞者凜凜，見事風生，吏不敢欺。時内璫用事，權要人過州者，不少假借顔色。節財省費，百姓感悦。當道者銜其奉迎疏慢，劾罷之。

劉繹，陝西郃州人。由例貢監生先任河間府青縣知縣。治有政聲，遠邇想望風采。正德十三年，升本州知州。初至，振頽革弊，剖决如流，庭無滯獄，遠近訟者皆歸焉。作興學校，愛養黔黎，法制豪右。雖當衝煩之地，而終日晏然，公廳無事。時武廟南征回，駐蹕通州，月餘，繹上供御用，下給百司，井井無失。所需皆請給於撫按調處，一毫不擾於里甲，鄉村中若不知有乘輿之在州也。當道者俱奇重之。宣府巡撫都御史臧鳳奏擬工部司屬，用以修邊，執政者以□□例不升部屬，止許以本等職銜聽鳳委用。功成，遷真定府同知。

曹俊，字邦彦，臨清州人。由例貢監生先任知縣，升山西蔚州知州。嘉靖五年知本州。有治才，剛明果决，事無留滯，排難解棼，裕如也。州當東西南北要衝，先時里甲直日往來供應，皆取給焉，民甚苦之。俊請於撫按，惟動支牙課銀買辦，不用里甲，至今民以爲賴。

霍淮，山西平定州人。由舉人先任寶坻縣知縣，升河間府通判。嘉靖八年，升本州知州。性警敏，有機變，遇事有爲。先是歲徵財賦，多爲里書騙費，小民重被賠累。淮令各項錢糧，俱查地清，編造成格眼小册，票給民户及買種民地軍人，令其照票依期，自行赴州上納，不許經里老之手。里老惟責令催督而已。由是里老免於侵費，不累小户。小户稱便而收糧大户更利之，□糧易□，公私兩益。在任四年，迎逆不覺其炬，軍民咸安其治。升陝西延安府同知。

董復勝，山西洪洞縣人。由吏員正德末年任本州同知。性篤實，於財不苟取。在任數年，告致仕□□行，行李蕭然，士民□□。□□□□□□□□□□□□□□□□□□□□治聲，贊理州政，民多賴之。撫按委用無虚日，累經旌薦，升山東鹽運司運判。

洪異，字大同，别號碧湖，福建漳州府龍溪縣人。由舉人弘治十八年任本州儒學學正。美風容，動止雅有模範。遂於經學，循循善教。每升堂開講，本經據傳，通章詳説，務在發明聖賢旨趣，不效舉子輩摘取題目而已。教士子作經義作論皆有法，通人化之。司教七年，多所造就，如侍郎李欽、都御史楊行中、知府張子衷、太僕寺寺丞吴縉、知州張錦、知縣馬禮、嚴鵬舉、黄鏜、舉人孟録、宋鉞，先後登第，皆親經指授者。其餘學有成立，而不偶於有司者尚多。作人之功，前後莫及。撫按交薦，遷浙江崇德縣知縣，拜監察御史，歷升浙江按察司僉事、廣東布政司參議。

孫冕，字文中，江西九江府德化縣人。由歲貢監生正德間任州學訓導。少爲江西提學副使李夢陽所重，選入白鹿洞讀書。文學醖藉，尤善詩畫。在任凡所感遇，多形於詩。所著有《北通備遺稿》。曾見其《和李西涯春興詩》八首，止記二首，附録於此，以見其人之風致焉。其一曰：山館悠悠倚峻坡，別來應是兩年過。鹿麋昔日游偏好，風雨他鄉夢更多。松下小軒閑雨菊，月中荒徑掩雲蘿。歸來若待頭顱白，其奈巖花笑客何。其二曰：竹垣向裏闢新池，徑曲門迂去每遲。鳥弄落花人未到，魚吹新荇月先知。天邊客夢何時醒，江上歸舟此日移。喚起巢由作賓主，不知身在帝堯時。升保定府新城縣教諭。

已上皆文職。

曹良臣，洪武元年十月，以大將軍命率兵守通州。二年二月，故元丞相也速侵通州，時大軍征山西、北平，守兵單寡，通州城中，亦僅千人。也速將萬餘騎營於白河。良臣戒部下勿與戰，密遣部將趙興貴等，於沿河舟中，各樹赤幟，亘三十餘里，鉦鼓之聲相聞。也速望之，驚駭，遂遁去。城中出精騎，渡白河，追之，至薊州，不及而還。

王宣，字德明，別號續齋。武功右衛指揮。

少游在京武學，中順天府乙酉科鄉試。後襲職，復中武舉，升燕河營參將，以邊事革任。成化二十三年，以都指揮體統行事，分守通州，後升都指揮僉事。重厚鎮俗，居常以文事飭武備，軍民感服。雅喜題咏。所著有《續齋集》。在任一十六年。一日賦《滿江紅》詞，遂告致仕去。

張經，字以綸，富峪衛指揮。弘治十八年，升署都指揮僉事，分守通州。爲人愷悌。御軍民有恩，秋毫不擾，居衙内外，澹如也。時有謂大司馬東山劉公大夏曰：「張經無威望，公何用以守通州？」劉公曰：「通州軍民苦前守胡震之虐，合郡如病，我以良醫付之也。」京商有附馬快船之南京貿易者，船回，商之子訪無其父，訴於經。經即帶其人詣船，以搜檢夾帶私貨爲名，得商人衣梳。其子見之即泣。蓋舟人利其財而害之矣。經究正以法，人皆奇之。經有疾，軍民争於寺觀設醮，以祈禱之，竟以疾去。

黄璽，字廷用，通州衛指揮，升署都指揮僉事。正德四年，分守通州。諳韜略，識天文。時境有劇盗，璽占風伺迹，盡捕之。流賊劉六、劉七等將由霸州掠通州。璽奏討京營火器，於州城西角設戰梯，以備禦守，日揚兵出入，於張家灣要曠去處爲壘以待賊。賊聞，不敢近，州賴以安。時有黑眚之异。適暑月人多街寢，終夜驚嘩，人家不寧。璽乃禁人街宿，言黑眚者捕治之，异遂止。

王玉，字德潤，興州後屯衛指揮。正德九年，以三河城守備升署都指揮僉事，分守通州。性峻潔，嚴重有威。接士夫以禮，御軍士有恩。時内璫用事，通州密邇京師，權貴多所請謁，玉惟以法處之，不諂不激，人亦信服，不敢干以私。督修運道有功，蒙賜蟒衣三襲。强賊趙二漢等流剽近地，玉督捕二百餘人。進署都指揮同知，轉錦衣衛指揮，充漕運參將。敦尚儒術，教二子楠、楊治舉子業，先後登進士第，俱位顯官。

王玉，字温如，神武中衛指揮，掌衛事，有聲。撫按詞訟多委問焉。郡人語曰：「不怕前王棍，只怕後王問。」前王乃分守王宣，衙在玉之前巷，故云。

樊靖，字至安，神武中衛指揮。讀書能詩，諳吏事，掌衛事，有聲望。時流賊寇山東，議者奏於青州府城添設守備，本兵以靖推任。到任，會賊平。靖日與兵備僉事牛鸞詩筒往來，有儒將風。未幾，詔罷青州守備。靖回衛聽用，以田園自娱，不復仕進。

李時，字宗夏，別號東涯，通州衛指揮。少習舉子業，累舉不第。乃就襲肄業在京武學，每考高第，選掌衛事。在任清修雅飭，若書生然。升江西都司，捕盗鄱陽湖。督捕有方，湖洋輯靖。未幾，擢視閫篆，以儒術飾治。著《武經集傳》。撫按藩臬咸雅重之。轉廣東都司，尋調湖廣鄖陽，俱柄司事，以疾卒於官。

呂琦，字廷璧，定邊衛右所千户。粗知書史。掌所事幾四十年，以勤慎律己，以公惠御軍。所交游務擇賢士大夫，籍有聲譽。會修通惠河以行漕運，監司者事專委琦。琦悉心調度，持廉秉公。雖素所親識者，皆凛凛聽約束。閘規多經贊畫。功成，憲司表可大用。未幾，以疾終。閘運士卒哭之，若喪考妣然。

已上皆武職。

三河縣

元

張塘，山東濟南府人。至正間，任三河縣知縣。勸農桑，興學校，息盗賊，權常平，修祠廟，旌孝義。代去，民思不能忘，勒石頌之。

國朝

楊蕃，山東長清縣人。洪武三十二年，任三河縣知縣。均賦役，恤民困，百務咸理。

孫廷相，陝西人，癸未進士。嘉靖間，任三河縣知縣。明敏有爲，見事風生，吏不能欺，民懷其德。升主事，以藩親例不與京，擢改直隸常州府同知，升山東東昌府知府。

武清縣

國朝

郭良，河南舞陽縣人。由監生任武清縣知縣。存心不苟，撫字有方，至今人思其德。

牛俊，河南安陽縣人。由舉人任武清縣儒學教諭。行止端莊，訓誨勤謹，科目得人。後升王府教授，生徒至今稱贊。

漷縣

元

楊思賢，浙江錢塘縣人。任漷州同知。公廉

愛民，邑人感戴。既於任，百姓哀之，如喪考妣。

國朝

王文，河南儀封縣人。任漷縣知縣。爲政慈仁，愛民如子。丁内艱還，民不忍去。

賈貞，山東莒州人。任漷縣知縣。有守有爲，百姓感戴。升祁州知州，百姓遮道挽留。

高安，浙江湖州府人。任漷縣知縣。有守有爲，愛民體道，卓然賢令，爲畿内之最。

寶坻縣

五代

趙德鈞，後唐同光中，鎮蘆臺軍。因其地産鹽，課民煎辦，仍擇高阜置榷鹽院，謂之新倉。貿易於瀛莫間，上下資其利。十餘年，民甚賴之。

國朝

荆志，洪武三年，任本縣知縣。與縣丞柳青大興學校，豐優廪饌，增廣生員，化育人才，故歷年科貢，得人比他邑爲最。

陳讓，山陽人。由進士成化元年任知縣。搏擊豪强，政令嚴肅。累升杭州府知府。

葉淇，山陽人。由進士成化五年以御史出知本縣事。廉明愷悌，吏畏民懷，豪强斂迹，賊盗屏息，興學禮士，勸課農桑。尋擢山東按察僉事，累升少□□□□□。

彭鎬，寶鷄人。由監生成化十年任知縣。爲政有聲。於西門官路直抵牛迹河一帶，插種柳樹，以便行者。累升順天府治中。

莊襌，直隸武進縣人。由進士弘治間任本縣知縣。才識卓异，興利除害，抑强扶弱，遠近州縣，想望丰采。縣舊惟土城，頃圮已久，襌乃申請撫按洪都御史淮令民冠帶納銀，以供其費。禪仍令縣民量家出資，以助不及。限地分工，即令民之有力者領其役，委佐貳官以督之。不旬日而城成，財不費而民忘其勞。人皆异之。分立市集，修建橋梁，偉然爲京東良縣，皆禪之功也。升户部主事。

柳青，洪武間任本縣縣丞。清慎勤敏，仁民愛物，政平訟簡，民心悦服。凡縣中文廟、山川、社稷、衙門，無不修整。

通州志略卷之六終

通州志略卷之七

官紀志

節使

通州在古爲幽燕畿内近地，而介乎漁范二名郡之間。古今持節奉使以從事於此者，不知其幾也。然而載籍莫傳，難以妄録。國初，隸北平布政司北平府。永樂建都，更府爲順天。初則統轄有藩臬，總治有郡伯。建都之後，郡伯改爲京尹。監臨於上者，則有巡撫巡按，而督學清戎，理鹺印馬，巡倉管屯，又各有持憲之使，均於地方有事焉者也。然府自有志，例不得書。巡撫駐節遵化縣，其題名已收之《薊州志》矣。其餘巡歷不常厥居，而題名無所考稽。惟巡按則察院有題名碑，而巡倉御史專駐西察院，亦勒碑題名焉。其户工二部分司，各有碑記，以紀姓名，班班可考也。兹備録之。噫！鳳鳴於山，郡以得名，麟遊於藪，邑以为号。今乘軒張蓋，揚德輝於吾通者，蓋不知幾麟幾鳳也，可得而盡紀□。

巡按察院題名

弘治間

[注一]查《雍正四川通志·選舉》，成化甲辰科進士唐錦舟，達州人，歷參政。底本似作「唐錦舟」。

□□□ 四川瀘州人，甲辰〔注一〕進士，元年差。　張泰 廣東順德人，□□進士，二年差。
鄒魯 四川江津人，丙辰進士，三年差。　王璟 山東沂州人，壬辰進士，四年差。
謝瑩 直隸祁門人，辛辰進士，五年差。　趙瑛 直隸江都人，戊戌進士，六年差。
劉瑋 浙江海鹽人，甲辰進士，七年差。　吴璉 廣東南海人，甲辰進士，八年差。
馬碁 山東益都人，甲辰進士，九年差。　劉紳 山東掖縣人，丁未進士，十一年差。
金獻民 四川綿州人，甲辰進士，十年差。　張綸 直隸宣城人，甲辰進士，十二年差。
黄珂 四川遂寧人，甲辰進士，十三年差。　胡華 直隸武進人，丁未進士，十四年差。
張烜 山西絳縣人，癸丑進士，十五年差。　喬恕 河南寧陵人，庚戌進士，十六年差。
陳恪 直隸歸安人，丁未進士，七年差。　姚壽 直隸舒城人，甲辰進士，十八年差。

正德間

李璽 陝西鳳翔人，丙辰進士，元年差。　楊武 陝西岐山人，丙辰進士，二年差。
楊儀 陝西永壽人，癸丑進士，三年差。　周霖 陝西乾州人，丙辰進士，四年差。
蔣瑶 浙江歸安人，己未進士，五年差。　平世周 四川内江人，丙辰進士，六年差。
陳祥 江西高安人，壬戌進士，七年差。　吴璋 直隸歙縣人，己未進士，八年差。
董建中 山東壽張人，乙丑進士，九年差。　牛天麟 山東聊城人，戊辰進士，十年差。
王九峰 陝西人，戊辰進士，十一年差。　劉士元 四川饒州人。辛未進士，十二年差。
汪淵 江西上饒人，辛未進士，十三年差。　孫漳 浙江鄞縣人，辛未進士，十四年差。
趙永亨 河南人，甲辰進士，十五年差。　王琳 山東安丘人，由舉人，十六年差。

嘉靖間

郭楠 福建晉江人，甲戌進士，元年差。　盧瓊 江西浮梁人，辛未進士，二年差。

任　洛河南鈞州人，辛未進士，三年差。
楊秉中陝西武功人，辛未進士，四年差。
張　珩山西石州人，辛巳進士，五年差。
許翔鳳山西洪洞人，辛未進士，六年差。
張　恂山東陽穀人，辛巳進士，七年差。
吳　鎧山東陽穀人，甲戌進士，八年差。
譚　纘四川蓬谿人，丁丑進士，九年差。
朱廷立湖廣通山人，癸未進士，十年差。
孫　錦直隸宿州人，丙戌進士，十一年差。
聞人詮浙江餘姚人，丙戌進士，十一年差。
錢學孔浙江金華人，由進士，十二年差。
鄭　坤河南光州人，丙戌進士，十三年差。
姜潤身山東人，丙戌進士，十四年差。
景　溱山西浦州人，辛巳進士，十五年差。
楊紹芳湖廣人，癸未進士，十六年差。
胡守中江西吉水人，由進士，十七年差。
金　清直隸上元人，己丑進士，十八年差。
李　鳳四川富順人，己丑進士，十九年差。
段承恩雲南人，壬辰進士，二十年差。
閻　鄰山東東平州人，己丑進士，二十一年差。
李廷康山東人，壬辰進士，二十二年差。
楊本深陝西膚施人，癸酉舉人，二十三年差。
胡　植江西南昌人，乙未進士，二十四年差。
趙炳然四川劍州人，乙未進士，二十五年差。
陳宗夔湖廣人，戊戌進士，二十五年差。
馮　璋浙江慈谿人，戊戌進士，二十六年差。

巡倉察院題名

景泰間

趙　縉河南安陽人。
程　璥河南新蔡人。
馬文昇河南鈞州人。
楊　貢江西□□人。
劉　文四川榮縣人。
楊　□□□□□□□

天順間

孟　勛直隸滄州人。
馮　昱山東濮州人。

樊英陝西臨潼人。　嚴詮福建龍溪人。

易廣廣東保昌人。　呂益河南祥符人。

侯由福建興化人。　徐茂河南新野人。

鄧本端四川資縣人，庚辰。

成化間

楊琅福建莆田人，甲申。　石玉直隸藁城人，甲申。

熊祥四川資縣人，甲申。　郭瑞江西吉水人，甲申。

鄺文廣東南海人，丙戌。　王哲山西聞喜人，庚辰。

曹宏直隸句容人，甲申。　馬進直隸山陽人。

閻佐陝西商州人。　方中浙江淳安人。

翟瑄河南洛陽人，甲申。　高安河南睢州人，己丑。

徐鏞湖廣興國人，己丑。　楊謐河南儀封人，己丑。

徐謙河南太康人，己丑。　張泰廣東順德人，丙戌。

徐瑁直隸永年人，己丑。　閻仲宇陝西隴州人，乙未。

俞俊浙江麗水人，壬辰。　戈瑄直隸景州人，乙未。

鄧庠湖廣宜章人，壬辰。　何鈞河南靈寶人，乙未。

呂璋河南許州人。　向翀四川通江人。

弘治間

王宏山東日照人，戊戌。　李文河南汲縣人。

王一言四川內江人，辛丑。　陸完直隸長洲人，丁未。

韓福陝西西安前衛人。　周琰直隸阜城人。

陳震陝西慶陽人。　謝朝宣陝西西安人，癸丑。

韓普山東滋陽人。　姚祥廣東臨喜人，辛丑。

張智直隸鉅鹿人，辛丑。　盧儀四川合州人，癸丑。

張綸直隸宣城人，甲辰。　王綬山東濱州人，癸丑。

余濂江西都昌人，癸丑。　王經浙江山陰人，庚戌。

劉玉江西萬安人，丙辰。　楊儀陝西永壽人，癸丑。

正德間

阮吉河南汲縣人，己未。　李廷梧福建蒲田人，己未。

李紀陝西興平人。　洪範江西金谿人，壬辰。

杜昌河南祥符人，戊辰。　涂敬江西豐城人，壬辰。

王鏜直隸徐州人，乙丑。　詹源福建安溪人，乙丑。

潘鵬直隸懷寧人，乙丑。　陳言福建長樂人，乙丑。

周文光浙江永康人，甲戌。　孫方直隸丹陽人，辛未。

黎龍江西新喻人，戊辰。　東郊陝西華州人，辛未。

楊百之萬全都司人，甲戌。　秦鉞浙江慈谿人，甲戌。

劉源清山東東平州人，甲戌。

嘉靖間

向信四川岳池人，辛未。　曹嘉□□□□人，丁丑。

楊鏊廣西桂林中衛人，丁丑。　涂相江西南昌人，丁丑。

陳　褒福建寧德人，辛丑。　侯　秩直隸長垣人，丁丑。
鄭洛書福建蒲田人，丁丑。　吳　仲直隸武進人，丁丑。
廖自顯直隸盧龍人，辛丑。　虞守愚浙江義烏人，癸未。
李循義浙江鄞縣人，癸未。　張　相山東臨清州人，丙戌。
汪　似江西貴溪人，己丑。　郭宗皋四川富順人，己丑。
李　良山東長清人，己丑。　蘇　叢山東靈山衛人。
馮天馭湖廣蘄州人，乙未。　卞　偉四川宜賓人，己丑。
趙繼本山東歷城人，乙未。　王　達山東濱州人，乙未。
楊本深陝西膚施人，癸丑舉人。　童漢臣浙江錢塘人，乙未。
來　聘陝西三原人，乙未。　趙　弘河南滎陽人，乙未。
王三聘山東黃縣人，辛丑。　黃汝桂江西盧陵人，戊戌。
路可由山東曹縣人，辛丑。　艾　朴
張　英

户部館題名

弘治五年

員外郎馮輅河南陳留人。
主事鄭昊福建長樂人。　楊　祥直隸永平衛人。
王　璘湖廣黃崗人。　丁　翊山東海豐人。
林　鐄福建懷安人。　錢　鐸廣東東莞人。
田　彭山西馬邑人。　丁　鳳直隸蠡縣人。

何文縉廣東南海人。

弘治六年

員外郎黃華福建莆田人。

主事劉琮福建懷安人。　紀經綸河南蘭陽人。

趙亮采山東齊河人。　鄧卿四川瀘州人。

李憲山東臨清人。　唐弼直隸歙縣人。

鄭炤福建閩縣人。　張舉直隸欒城人。

弘治七年

員外郎丁翊山東海豐人。

主事林鑛福建懷安人。　葉元王福建清流縣人。

陳綬廣東順德人。　方璘福建莆田人。

張舉直隸欒城人。　唐弼直隸歙縣人。

張文佐河南西平人。　徐木河南杞縣人。

黃顒福建莆田人。

弘治八年

員外郎陳一經四川成都人。

主事陳策直隸無錫人。　鄧明四川資縣人。

張舉直隸欒城人。　何義直隸江陰人。

徐廷用湖廣醴陵人。　田榮福建古田人。

鄭岳福建莆田人。

弘治九年

員外郎胡倬廣西桂臨人。

主事徐文英河南西平人。　鄭炤福建閩縣人。

錢鐸廣東東莞人。　鄧明四川資縣人。

包楠直隸歙縣人。　胡經山西賓州人。

劉芳直隸武清人。

弘治十年

員外郎錢鐸廣東東莞人。

主事姚昊福建閩縣人。　滎節河南遂平人。

徐木河南杞縣人。　鍾文俊福建長汀人。

程杲直隸祁門人。　楊志學長沙人。

弘治十一年

員外郎唐弼直隸歙縣人。

主事高文達福建閩縣人。　李世亨直隸容城人。

高選陝西高陵人。　胡雍寬河衛籍臨縣人。

劉思賢湖廣石首人。　鍾文俊福建長汀人。

胡濂廣東定安人。　李夢陽陝西慶陽人。

李傑陝西韓城人。　張欒山東安丘人。

弘治十二年

員外郎葉元王福建清流人。

主事張邦瑞直隸宜興人。　劉思賢湖廣石首人。

王　震直隸邢臺人。　李夢陽陝西慶陽人。

弘治十三年

員外郎鄧明四川資縣人。

主事梁辰廣東南海人。　張　潛陝西汧州人。

胡文璧湖廣耒〔注一〕陽人。　郝　海直隸邳州人。

弘治十四年

員外郎徐紹先湖廣蘄水人。

主事方璘福建莆田人。　居　遠直隸大興人。

張鳳狂直隸夾江人。　吕　佑山東德平人。

弘治十五年

員外郎方璘福建莆田人。

主事劉用中四川富順人。　白　杲直隸南宮人。

蒙　惠廣西蒼梧人。　吕　佑山東德平人。

弘治十六年

員外郎鄭懷德四川新建人。

主事鄭汝美福建閩縣人。　劉　繹山西代州人。

張鳳翔陝西詢陽人。　儲　南直隸宜興人。

侯啓忠四川長寧人。

弘治十七年

〔注一〕「耒」，原誤作「來」，據《明史·地理志》改正。

員外郎李金 直隸遷安人。

主事唐胄 廣東瓊山人。　孫徽 湖廣襄陽人。

王玹 山東海豐人。　楊學禮 山東武定州人。

鍾文俊 福建長汀人。　黃閱古 廣東東莞人。

弘治十八年

員外郎李誠 湖廣黃陂人。

主事段敏 直隸金壇人。　惲巍 直隸武進人。

王玹 山西陽城人。　孫沔 山東魚臺人。

正德元年

員外郎馮顒 廣東瓊山人。　樊瑀 直隸文安人。

主事黃俊 直隸武進人。　蕭輔 四川富順人。

鍾湘 湖廣興國人。　華津 直隸無錫人。

正德二年

員外郎耿繼玄

主事黃俊 直隸無錫人。　江彬 直隸祁門人。

蘇仲 廣東順德人。　杜允 山東滕縣人。

正德三年

員外郎耿繼玄 □□□□□□。

主事吳恕 福建莆田人。　李仕清 四川長寧人。

馮馴 四川岳池人。　向文璽 湖廣宜都人。

正德四年

員外郎祁敏廣東東莞人。

主事成周直隸無錫人。　萬斛四川崇慶人。

蘇仲廣東順德人。　胡忠直隸宜興人。

正德五年

員外郎向文璽湖廣宜都人。

主事陳璽廣東南海人。　胡忠直隸宜興人。

張克温山西臨汾人。　鄭瓊廣東海陽人。

林城福建晉江人。　朱館湖廣道州人。

正德六年

員外郎何仕麒廣西蒼梧人。　蘇琰直隸雄縣人。

潘旦直隸婺源人。　陳錫廣東南海人。

主事丁致祥直隸武進人。　鄭銘廣東新會人。

張鵬福建浦城人。　鄭玉福建莆田人。

胡克元湖廣蒲忻人。

正德七年

員外郎黃體行福建莆田人。

主事鄭銘廣東新會人。　張鵬福建浦城人。

鄭玉福建莆田人。　張經□□□府人。

正德八年

員外郎鍾湘湖廣興國人。

主事胡椿湖廣武昌人。　謝廷瑞福建長樂人。

王進賢河南鄧州人。　王諤陝西西安府人。

正德九年

員外郎馮馴四川岳池人。

主事陸節直隸武進人。　張澄河南洛陽人。

吴仕直隸宜興人。　張菜直隸丹徒人。

正德十年

員外郎盛鵬河南襄城人。

主事銀鏡山西忻州人。　董琦山東信陽人。

陳維藩山西吉州人。　張淳甫山西安邑人。

正德十一年

員外郎陳維藩山西吉州人。

主事劉黼山西平遥人。　張菜直隸丹徒人。

王遵直隸宣城人。　曹聰直隸霍丘人。

黄景星四川酆都人。　廖慶福建莆田人。

正德十二年

員外郎滕謐山東掖縣人。　廖慶福建莆田人。

主事黄□□□□□□□人。　孫儀廣州人。

祝弘舒四川□江人。　蕭　澄直隸高陽人。

郁　深直隸人。　姚　鳳河南□陽人。

周汝勤河南上蔡人。

正德十三年

員外郎周崇義四川灌縣人。

主事丁孔暲山東聊城人。　裴繼芳山西廣靈人。

杜　盛直隸寶坻人。　党以平河南□人。

正德十四年

員外郎張經興州左屯衛人。　王　諤陝西西安人。

趙　載山西垣曲人。

主事范師曾河南汲縣人。　賈繼之山西□州人。

何　巖河南扶溝人。　胡宗明直隸績溪人。

正德十五年

員外郎陸傑金吾右衛人。　王　璁直隸慶都人。

主事鄒輗直隸武進人。　林應驄福建莆田人。

朱　冕直隸大興人。　蕭孟景直隸三河人。

正德十六年

員外郎祝弘舒四川□江人。

主事□□□□□□□□。□□　□□□□□□□□。□□

張好爵□□□城人。

員外郎□桓福建政河人。

主事高奎山東長清人。　鞏思憲山東東平州人。

楊淮直隸無錫人。　陳毓賢福建長樂人。

嘉靖元年

員外郎顧天祐直隸武進人。　范師曾河南汲縣人。

主事李珣山東清平人。　楊槩山東德州人。

羅洪載四川永川人。　鄭登高福建莆田人。

朱藻四川瀘州人。

嘉靖二年

員外郎楊淮直隸無錫人。　何巖河南扶溝人。

主事晏珠四川內江人。　華金直隸無錫人。

黃一道廣東揭陽人。　劉雍山東壽光人。

吕顒陝西寧州人。

嘉靖三年

員外郎朱可宗福建莆田人。

主事於敖陝西岷州人。　吴淮直隸丹徒人。

程旦直隸徽州人。　俎琚河南□州人。

嘉靖四年

員外郎鄭漳福建閩縣人。　王澄湖廣□田人。

主事王松直隸固安人。　王翰臣四川渠縣人。

黃　瓚福建南安人。　高　登直隷內黃人。

嘉靖五年

員外郎王納言山東淄川人。

主事宋錦直隷和州人。　胡文奎湖廣耒陽人。

許　繼福建閩縣人。　王　化山東濱州人。

嘉靖六年

員外郎温濡山東招遠人。

主事王廷梅湖廣黃崗人。　戴　亢福建閩縣人。

沈　奎直隷涇陽人。　倪　組福建閩縣人。

員外郎華金直隷無錫人。

嘉靖七年

員外郎范韶直隷寶應人。

主事王民直隷故城人。　鄒守愚福建莆田人。

劉希稷山東武城人。　王　博河南洛陽縣人。

員外郎黃瓚福建南安人。　王翰臣四川渠縣人。

主事賈璘山東陽信人。　張承祚河南光山人。

寇天與山西榆次人。　王　慎福建晉江人。

嘉靖八年

員外郎吴檄直隷桐城人。

主事鄭汴直隷任丘人。　李　涵直隷遷安人。

楊　旦河南鄢城人。

員外郎茹鳴金直隸無錫人。

主事劉耕陝西蘭州人。　周世雍廣東順德人。

陳節之福建閩縣人。

嘉靖九年

員外郎徐元祉陝西秦州人。

主事焦維章四川灌縣人。　詹　榮直隸山海人。

李　垣直隸任丘人。　鄭世威福建長樂人。

嘉靖十年

員外郎翁萬達湖廣揭陽人。

主事董寅湖廣漢陽人。　王養正四川南充人。

王　珻直隸東安人。　程　緒陝西寶鷄人。

嘉靖十一年

員外郎鄭宗古湖廣石首人。

主事劉耕陝西蘭縣人。　劉　瑜直隸元城人。

鄭　絅福建莆田人。　陳　璣河南鄢城人。

張　冕山西孝義人。　桑　喬直隸江都人。

嘉靖十二年

員外郎孫繼魯雲南籍錢塘人。　王　柄四川渠縣人。

主事劉欽順湖廣石首人。　李　易湖廣永興人。

李邦表 四川定遠人。　張　愚 直隸天津人。

嘉靖十三年

員外郎高港 直隸江都人。

主事李希説 廣東東莞人。　路　珠 河南新鄉人。

劉繼禄 直隸永清人。　劉繼先 直隸永清人。

嘉靖十四年

員外郎劉采 湖廣麻城人。

主事王欽 山東齊東人。　鄭重威 湖廣監利人。

彭有大 河南陳州人。

嘉靖十五年

員外郎談愷 直隸無錫人。

主事李淳 山東濮州人。　陳　文 湖廣麻城人。

王　聯 直隸任丘人。

嘉靖十六年

員外郎陳叔頤 陝西涇陽人。

主事路天亨 山西安邑人。　李時達 四川南部人。

黄應中 四川中州人。　陳元珂 福建閩縣人。

嘉靖十七年

員外郎林山 福建長樂人。

主事高軒 □□□□□。　劉　瑜 直隸元城人。

榮　愷直隸大興人。　文　衛四川南充人。

嘉靖十八年

員外郎戴倫直隸撫寧人。

主事王聯芳直隸固安人。　柳　英四川巫山人。

尹　宇直隸南宮人。　李　增河南潁川人。

李　琇錦衣衛人。

嘉靖十九年

員外郎陳崇慶直隸江陰人。

主事郭重河南武安人。　白世卿陝西秦州人。

孫　昺山東臨清人。　周建邦四川巴州人。

陳天然廣東瓊山人。

嘉靖二十年

員外郎張旦直隸寶應人。

主事謝佑湖廣松滋人。　陳雲衢福建莆田人。

李時春河南光州人。　郭朝賓山東汶上人。

嘉靖二十一年

員外郎潘子正直隸六安人。　榮　愷直隸大興人。

主事聶櫟山東濟寧州人。　尹綸山東齊河人。

□應春河南武陟人。　王之臣四川南充人。

嘉靖二十二年

員外郎王朝相直隸永平人。　李　愈山西平定州人。
主事林璧福建閩縣人。　董　策直隸合肥人。
史　鷚四川倉□人。　王嘉謨山東安丘人。

嘉靖二十三年

員外郎盛若林廣東海陽人。
主事歐紹説湖廣桂陽人。　董士弘直隸武進人。
許東望山東平山衛人。　劉　鑑直隸安平人。

嘉靖二十四年

員外郎李天□。
主事歐禮湖廣柳州人。　黄　深福建福清人。

崔　峨直隸新城人。

嘉靖二十五年

員外郎楊汝江山西元城人。
主事董策湖廣長沙人。　潘繼先河南衛輝人。

嘉靖二十六年

員外郎許東望山東平山衛人。
主事馬鍾英廣東廣州人。　于德昌四川成都人。
周　冉直隸灤城人。

工部廠題名

成化間

朱瑄浙江鄞縣人，十二年任。　諸觀浙江餘姚人，十四年任。

劉定昌綦江人，十六年任。　蔡敞直隸蘇州人，十七年任。

胡超浙江湯溪人，十九年任。　李泰直隸新城人，二十二年任。

李韶四川富順人，二十三年任。

弘治間

陳雍浙江餘姚人，元年任。　曾逸漳龍溪人，四年任。

李敖寧遠人，六年任。　劉汝靖江西涓南人，九年任。

揚瑋直隸華亭人，十二年任。　屠奎直隸平湖人，十五年任。

何□浙江山陰人，十八年任。

正德間

吳□四川臨川人，二年任。　顧可學直隸無錫人，三年任。

曾□江西吉水人，五年任。　葉寬福建泉州人，八年任。

□□龍山東安丘人，十一年任。　汪登浙江仁和人，十三年任。

□灝直隸泰州人，十二年任。

嘉靖間

孫舟直隸常熟人，元年任。　張玩山東歷城人，三年任。

□朝著山西和順人，五年任。　張集直隸晉州人，八年任。

□克元浙江僊居人，九年任。　路珠河南新鄉人，十一年任。

□□河南杞縣人，□□年任。　徐泮河南固始人，十四年任。

孫光代直隸安肅人，十四年任。　馬拯湖廣南海人，十九年任。

譚大初廣東始興人，二十二年任。　王嵩浙江餘姚人，二十三年任。

經略

經略者，有事而經理其地者也。或當草昧而驅除寇仇，或當承平而興建利政，皆於地方有所裨益者也。是用紀之。

漢

吴漢　耿弇　景丹　蓋延　朱祐　邳彤

耿純　劉植　岑彭　祭遵　堅鐔　王霸　馬武

陳俊。

按：《漢書》：光武還薊，遣吴漢與耿弇等十三將軍，破銅馬五幡大搶於潞東，追及於平谷，大破之。

傅玄

按：《漢書》：祭遵受詔留屯良鄉，拒彭寵，因遣護將軍傅玄襲擊寵將李豪於潞，大破之。

鄧隆

按：《方輿勝覽》：漁陽太守彭寵叛，光武遣鄧隆伐之，軍於潞水之南。至今有故壘遺壁存焉。

後唐

趙德鈞，契丹寇抄盧、龍諸州，趙德鈞爲幽州節度使，於州東五十里城潞縣而戍之，民始得稼穡。

金

徐文，山東掖縣人。天眷中，謀伐宋，爲都水監，監造船於通州。

蘇保衡，雲中人。天德間工部尚書，治兵伐宋，造舟於通州。

王晦，澤州高平人。昌明二年進士。貞祐初，中都戒嚴。或舉晦有將才，俾募人，得死士萬餘，統之衛送通州粟入中都。有功，遷霍王傅，以部守順州。通州圍急，晦攻牛欄山，以解通州之圍。遷翰林侍讀學士。

韓玉，泰和中，建言開通州潞水漕渠，船運至都，升兩階。

烏古論慶壽，河北猛安人。泰和間，議開通州漕河。詔慶壽按視河，成，賜銀一百五十兩。

邊源，貞祐間爲中都同知都轉運使。時中都乏糧，詔源以兵萬人護送通州。

元

燕帖木兒，天曆間，引兵至通州，擊遼東軍，敗之，皆渡潞水走。

郭守敬，至元二十九年，守敬上言水利，欲導昌平縣白浮村神山泉，過雙塔、榆河，引一畝、玉泉諸水入城，匯於積水潭，復東折而南，入舊河。每十里置一閘，以時蓄泄，以行漕運。帝稱善。置都水監，命守敬領之。自白浮村至通州高麗莊，長一百六十四里，塞泄水缺口十二處，爲閘二十有四。逾年畢工。自是，免都民陸輓之勞，公私便之。帝自上都還，過積水潭，見舳艫蔽水，大悅，賜名曰通惠。

許有壬，湯陰人。至元間，爲中書左丞。時有議開西山金口，導渾河，逾京城，達通州，以通漕運。有壬曰：「渾河之水，湍悍易決而足以爲害，淤淺易塞而不可行舟，况地勢高下不同，徒勞民費財耳。」不聽。後卒如其言。

王約，真定人。大德間，爲刑部尚書。監察御史有言通州倉米三萬石因雨而濕，欲罪守者。約謂必積氣所蒸，驗且堪用，釋守者罪。

韓若愚，字希賢，保定滿城人。由武衛府授

通惠河道所都事。開河有功，詔賜錦衣一襲。累官淮西、江北道廉訪事。卒謚貞肅。

洪君祥，小字雙叔，其先中國人。至元三年，從禿□□烈伯顔等開通州運河，帝親諭之曰：「□□□忠勤，朕所知也。」

丁好禮，字敬可，真定蠡縣人。精律算。爲户部侍郎，除京畿漕運使。建議置司於通州，重講究漕運利病，著爲成法，人皆便之。除户部尚書。

木甲臣嘉，北京潞猛安人。歷通州、海州諸軍事。

國朝

常遇春，懷遠人。洪武元年，大將軍徐達北伐，遇春爲之副。下通州，禁侵暴，務安輯，人不知兵，市不易肆，皆愛戴如父母。明年，平河東。虜復侵通州，王還兵拒之，通州之人免於荼毒，其德王尤深。東定永平等處，全師還燕，次柳河川。病卒，柩過通州，州人皆罷市迎哭。朝廷知通人感戴如此，命立廟祀於通。

孫興祖，濠州人。洪武元年閏七月，隨大將徐達北伐，克通州，督軍士修其城。朝廷念北平重地，置燕山等六衛，留兵三萬人，以興祖守之。紀律嚴明，軍民按堵。五年，副大將軍北伐，遇胡兵，力戰，死於五郎口。朝廷悼之，命於通州開平王常遇春廟配享。

曹良臣，見名宦。

馬雲，國初從征積功，升任指揮。從討中原，克通州師，取元都。命雲領兵守通州。王師西取晉冀，元兵來侵，雲擊敗之，威望甚著。

通州志略卷之七終

通州志略卷之八

郡人楊行中纂輯

兵防志

除戎器以戒不虞，《易》垂明訓；詰戎兵以光世業，《書》示格言。蓋至治之世，不忘武備，而要鎮之地，須藉兵防。制治保邦，政莫有大於此者也。爲兵防志。

將領

國初，以通州密邇京師，爲畿輔重地，初命勛爵鎮守之。嗣是，俱以鎮守行事。或用都督，或都指揮。至成化二十三年，詔書裁革各處鎮守，通州亦易以分守，俱奉敕行事。

敕諭

敕諭某官某，今命爾分守通州地方，提調通州并武清等衛所官軍。操練軍馬，固守城池。遇有盜賊生發，即便相機剿捕。仍把總提督馬快船，并南京運到官物及各處所進方物，修理橋梁河堰等項合用軍夫，俱聽爾於通州等衛從公差撥。不許貪酷放肆，科斂財物，交結勢要，以致軍民受害。若有勢要之人到彼多要船隻、軍夫等項，并威逼科斂財物營幹私事者，爾即指實，具奏處治。其天津衛地方相離通州不遠，其城池官軍，仍命爾與同巡按御史時常往來提督，修理操練，禁革奸細。如彼處衛所官員及刁潑旗軍人等，有互相交構，縱肆爲非，苦害良善，亦聽爾與巡按御史具奏拿問。每年按季將已未捉獲盜賊，從實奏報，以憑稽考。爾須持廉秉公，正己率下，務使事妥民安。斯爲爾能，不許生事，擾害百姓，濫受詞訟，沮抑客商，偏向行事，致人嗟怨。如或因循，廢弛職務，有負委托，罪不輕恕。爾其欽承朕命，故諭。

通州地方，前以鎮守，後易以分守，雖官職不同，而敕委事權則一。其遇監司相待，鎮守平交，分守差降一等，今則大不然矣。

兵馬

通州衛

隸兵部，設置通州。原額官二千六百餘員，旗軍四千餘名，今實在官七百餘員，軍一千五百餘名，俱在京營操備，并皇城直門帶刀守衛，京城撞門内府工作。

通州左衛

原額官軍三千三百二十八員名，今見在止一千八百五十四員名，除京操及運糧雜差外，見操官軍一百五十員名。馬隊官軍舍餘三十四員名，步隊軍舍餘一百一十六名。

通州右衛

原額馬步官軍五千六百員名，今見在止二千七百三名。除京操及運糧雜差外，見操官軍三百八十八員名。馬隊官軍舍餘三十員名，步隊軍舍餘三百五十八名。

神武中衛

原額馬步官軍一萬一千二百員名，今見在止三千六百一十二員名。除京操及運糧雜差外，見操官軍七百七十員名。馬隊官軍舍餘一百七十三員名，步隊軍舍餘五百九十七名。

定邊衛

原額官軍五千六百一員名，今見在止三千四十八員名。除京操及運糧雜差外，見操官軍七百七十二員名。馬隊官軍舍餘一百八十五員名，步隊軍舍餘五百八十七名。

通州距京僅四十里，西望紫荆關塞，東聯密

雲以東邊疆。遠者不過二三日，近者朝發可夕至也。南控江淮，襟喉所在，蓋其地實所以拱護京師，而與東西北諸邊，聲援可以相接，犄角可以爲賴者也。遼金俱建都幽燕，遼於此地爲兵衛一萬一千丁，金爲防禦户三萬五千九十九，皆以其地逼，爲京師要輔，而重爲防衛之計。國初，建鎮守，領以四衛，額設官軍二萬五千有餘，實所以重其地也。承平日久，遂視爲尋常。成化間，詔書查革各處鎮守，而通州亦止以分守領之，兵多歸於京營，餘又分於漕運，而雜差別占，兼以逋亡，見存守城官軍，纔得二千有餘而已。將權輕而兵力弱，殆非固畿輔以重京師之計。國家設鎮守之初意，向無有人講之者矣。往年，都督馬永欲建議，要將薊州、保定并京營人馬，精選一萬，屯駐通州，嚴加操練。近京邊塞有警，不必別處征發，即以此兵量足調用。意以通州密邇京師，本兵飛檄，移時可達。且於東西北諸邊，爲適中之地，緩急易於應援。又以大運倉場在焉，可資以養軍也。議未建而星隕東遼矣。又有議者欲自通至京，築甬道以通糧運。近日，又有爲京師建外羅城說者。然皆不能行。或曰：京師北枕居庸，天設險固，無足虞也。維東有通，維西有涿，二州乃京師肘腋重地，若俱屯以重兵，領以大將，而本兵居中制之，則屹然爲京師兩翼。居常夾輔，養虎豹衛山之威，有警互援，爲彼此犄角之助，則甬道不必築，外羅城不必建也。此皆得於聞見，有關軍國之大計者，故附言之，以俟經國者采焉。

武清衛

武清衛，即次通州，蓋隸通州分守也。原額旗軍四千三百六員名，今見在止一千七十二員名。除京操及各項差占外，見在城操官舍軍餘二百八員名，〔注一〕崔黄口營操守官軍一百六十員名。

三河城

守備一員，兵部札付行事。

營州後屯衛

原額官軍五千五百八十五員名，見在止七百二員名。除各邊防守，見在城操官軍一百四十八員名。

興州後屯衛

〔注一〕「舍軍餘」，據前後文及文意當爲「軍舍餘」。

原額官軍五千八百六員名，見在止二千五十四員名。除各邊防守，見在城操官軍三百二十四員名。

漷縣無軍衛

快手二十名，子弟兵一十八名。

寶坻縣無軍衛

民壯二百四名。梁城守禦千户所，設官軍七百餘員名，巡撫衙門選委指揮一員領之。大關口守禦軍六十名。小關口守禦軍三十名。二關每年巡撫衙門輪委千户或百户一員領之，以防海道。

屯營

通州衛

屯地三十二處，坐落通州堤子等處，及香河縣地方。營房。無

通州左衛

屯地三處，坐落武清縣河東筐兒港等處地方，營房坐落通州高麗莊地方。

通州右衛

屯地八處。左所二處，一處坐落香河縣馬家

莊，一處坐落三河縣葛中屯。右所香河縣馬房屯。中所漷縣供給店。前所二處，一處香河縣小營屯，一處三河縣燕郊店。後所二處，一處武清縣沙河屯，一處香河縣新莊屯。營房坐落舊城南關廂。

神武中衛

屯地五處，左所紅廟，右所吳家莊，中所魯家務，前所團瓢莊，後所沙河。營房坐落舊城北關廂。

定邊衛

屯地左右二所，坐落香河縣地方，中所武清縣地方，前所寶坻縣地方，後所武清縣地方。營房坐落舊城西門外新城地方。

夫屯田所以養軍也，營房所以棲軍也。此我國家兵防之制。於衛所所在，即閑曠之地，分軍以立屯，以十分爲率，七分守城，三分屯種，而且擇地爲營，聯房以居其軍，使其出入相友，朝夕相親，遇有警急，朝發夕集。是於防戍之中而寓安養之計，其遇軍可謂厚矣，其制兵可謂善矣。然承平日久，軍政漸弛，屯種之田，轉相鬻賣，營居之屋，傾廢無存。軍士隨便散居，而生養日就貧瘁。無恒産，因無恒心，何怪乎逃亡之相繼也？

分防

通州於一州四縣，總轄統領，而事無大小，咸隸攸司。在衛所則分方限地，而譏察奸細，緝防盜賊，嚴慎火燭，潔浄街衢，則其所職也。

州

在城地方屬通州衛五所分管。

東門街北、北門街東屬左所。

西門街南、南門街西屬右所。

東門街南至西水門、西門街北至閘橋南屬中所。

南門街東至閘橋東南屬前所。

北門街西至米市街北屬後所。

東關廂屬通州左衛。

南關廂屬通州右衛。

西關廂新城□□屬定邊衛。

北關廂屬神武中衛。

張家灣屬四衛輪管。

東落鄉屬通州衛。

西落鄉屬定邊衛。
北落鄉屬神武中衛。
州城南高麗莊等處屬通州左衛。
州城南石槽兒等處屬通州右衛。
三河縣

通州志略卷之八終

通州志略卷之九　　郡人楊行中纂輯

禮樂志

安上治民，莫善於禮；移民易俗，莫善於樂。政治之設多端，而禮樂之用爲急，蓋無處無之，而不可斯須去者也。今禮制之行於郡國者，皆朝廷之典章，而音樂之用於鄉人者，乃世俗之傳習。并用紀之，爲禮樂志。

慶賀接詔、迎春附

每遇萬壽聖節、東宮千秋節，及冬至、元旦，分守官、州衛官各具表箋，預期擇日。分守四衛官於通州衛，州及合屬官於州治各拜進，遵制行禮。禮畢，表箋，安置龍亭，儀仗列待，衆官乘馬前導，鼓樂導行，出舊城南門外，捧付齎表官捧進。

每聖節、千秋節、冬至、元旦前一日，分守州衛官吏、師生、里胥，俱於靖嘉寺習儀。户工二部官於露臺上，行出使禮，五拜三叩頭。分守州衛官遵制行全禮。分守官詣龍亭祝壽。禮畢，鼓樂導。龍亭設於州堂，張以龍幕。至日，行禮如習儀。

每遇朝廷有詔赦，分守州衛官吏、師生、里胥，出郭迎接，具龍亭彩輿儀仗，鼓樂接至新城南門外大街十字口，行禮遵照大明官制。

每歲立春先一日，州衛於東關廂館驛內迎春，禮儀遵照大明官制。

祠祭

州

馬神廟，在州城北安德鄉鄭村壩，離州四十里。每歲二八月俱二十二日，朝廷遣太僕寺少卿一員主祭，祭品舊乃順天府所屬州縣輪年分辦。嘉靖十九年，太僕寺卿楊晟奏將本寺馬價餘銀二十兩，發於通州收貯，買辦祭物。祭畢，仍□□□□取價貯庫以□□□擬爲常例，以省州縣之費。然事體非宜民且不便，後仍復舊。

先師廟，在儒學，每年二八月上丁日祭。

社稷壇，在州城北，每年二八月上戊日祭。

風雲雷雨壇，在州城南，每年二八月上庚日祭。

郡厲壇，在州城北，每年三月清明、七月十五日、十月一日祭。

城隍廟，在舊城南門内西南隅，祭期與郡厲壇同。

常國公廟，在舊城南門内東南隅，每年二八月上丁日祭。

名宦祠原在舊城中閘橋西河北岸，并祀一祠。嘉靖戊申，知州汪有執申請甃建儒學西北。

乡賢祠分祀二祠，每年二八月上丁日祭。

烈婦祠，在舊城西門外，每年二八月上丁日祭。

以上俱本州致祭，動支均徭銀兩，買辦祭儀。

旗纛廟，在通州衛治後，每年霜降日，分守官率五衛官致祭，動支四衛均徭銀兩，買辦祭儀。

三河縣

文廟、社稷、風雲雷雨、厲壇，與州祭同。

武清縣

文廟、社稷、風雲雷雨、厲壇，與州祭同。

漷縣

文廟、社稷、風雲雷雨、厲壇，與州祭同。城隍、岳文肅公祠，春秋二仲上戊日祭。

寶坻縣

文廟、社稷、風雲雷雨、邑厲，與州祭同。鄉厲，每里十壇一所，春秋隨邑厲帖令里屯分祭。

鄉飲

制遵大明官制條格，每歲正月十五日、十月一日於□□學舉行。三河、漷縣、寶坻俱同。

風俗

州

燕趙多奇士。□燕地多貴人豪傑。（以上俱見《漢書》。）自古言勇俠者皆出幽并。（《隋志》。）又云：水甘土厚，人多技藝。（亦《隋志》。）幽并之地，其人沈鷙，多材力，重許可。（唐杜牧《集》。）燕趙古稱多感慨悲歌之士。（唐韓愈□□□□□。）幽燕之地，自古號多豪傑。（宋蘇軾《集》。）勁勇而沉靜。（蘇軾《燕論》。）人性寬野（《輿地記》）。風俗樸茂，蹈禮義而服聲名。（宋范鎮《幽都賦》。）《翰墨全書》云：「俗競於利。」（註云：出《春秋說》。）

通州密邇京師，當東西南北之衝，水陸要會，天下貨財集焉。是以逐末者多，務本者少，所謂「俗競於利」，有由然矣。要之，城居之人多逐末，村居之民尚務本也。正德以前，人情士習，恥尚失所，崇權勢而輕禮義，重宦戚而蔑士夫，任豪俠而恥謙讓。嘉靖以來，翕然丕變，而《詩》《禮》

之風，較前爲盛矣。至於崇釋尚道而飯僧念佛，其所由來久矣。

正月元旦，人家設香燭酒果，拜天地祖宗，仍設於堂以爲供獻。閉户罷市，盛服賀節。如是三日。至元宵，張燈爲樂。自十四日起爲試燈，十五日爲正燈，十六日爲殘燈。逐日點放花火，喧晝達夜。兒女各以繩跳躍爲戲，謂之跳百索。十六日夜，男婦各盛服街游，謂之走百病。是夜城門夜分乃閉，巡徼者不禁。

二月二日，爲龍擡頭日，人家間有用灰撒地，謂之「引龍」。

三月清明節，自節前十數日，人家男婦各祭掃墳墓，添土，標紙錢，陳餕，樂飲而散。至秋少行。有喪之家，三年之内，於春首戊寅日以前祭新墳，俗謂「新墳不過赦」，不知何謂也。清明日仍祭祖先於堂。至二十八日，俗有拜廟之事。人家有疾病者，或於城隍廟，或於東嶽廟，祈發願心許。於是日拜廟，或男或婦，擔具牲醴，頭帶紙馬，斂衣束身，自本家門首起拜，親友陪行，間用鼓樂，至廟行禮而止。然褻神瀆禮，殊可怪也。

四月八日爲佛生日，人家多尚佛，至日，各於佛寺施捨財物，以爲浴佛之會。

五月五日端午節，人家插艾懸門堂，貼道符以驅祟。飲菖蒲雄黄酒，爲角黍相饋遺，製五色綿索繫兒女臂以辟毒，男子各於郊園采百草，相鬥賭飲爲樂竟日。

六月六日，人家各出衣物於日中晒晾。

七月七日爲女節，人家少女用盂盛水向日，漂針，照水中之影，以試巧拙。或盆種五生，或卓陳瓜果。爲女子□會。十五日祭祖先。

八月十五日，人家陳設牲醴瓜果，爲月餅以祭月。祭畢，宴飲以賞月。

九月九日，人家蒸米粉麥麵爲糕，親識相饋。

十月一日，人家祭祖先，製爲紙服焚之，謂之「送寒衣」。

十一月冬至，人家祭祖先，官府則彼此拜賀，如正旦。

十二月八日爲臘八，人家用各樣粳粟，雜以諸果，煮爲臘八粥。親識或相饋遺。二十四日夜，設牲醴，爲糖餅以祭竈。三十日晚，祭祖先，仍設酒殽，通家宴樂，以爲分歲。坐至夜分，謂之「守歲」。廳燒炭火，焚蒼术以辟瘟。黄昏，各於門前燔柴以燎歲。火炮之聲，喧夜達旦。門户或粘紙錢，或貼門神。官府及士夫家則挂桃符。

冠禮，男子年十六七以上，隨便加冠；女子納聘時加笄，俱不行古禮。

婚禮，用老婦爲媒。問名則取女子年帖，多用術士合婚。先用羊酒爲定禮，將娶納聘，俗謂「下茶」。娶之日，婿必親迎，導以鼓樂。富家争事奢靡，貧者亦各稱家。争聘禮之多寡，計裝奩之厚薄，間亦有之。然因而致訟斷親，則絶無中僅有也。至如賴親争娶，則絶無之。士夫之家多擇婿擇女，不用術士合婚之事。

喪禮，人家多修佛事。二十年來，士夫之家用文公家禮。親識奠賻，喪家俱用裂帛以爲贈答。發引之日，親識即束帛以送柩。所經過親家則設路祭。但伴宿用樂，待客設酒，殊非禮也。

送喪，有擬司會。鄉人或二三十人，或四五十人，多寡不等，各爲一朋，每朋推年尊者三人爲長，三位又推其次一人爲主事者。衆咸聽約束，月約一會，各出銀錢，主事者收掌。遇各自己及各親識家有喪事，則約齊於晡時往吊，量出會錢以爲奠賻，謂之「坐宿」。喪家待以茶餅。發引之日，各具旛幢會送，冠裳楚楚，少長有序，殊可觀也。

祭禮，民間於新正元旦、清明、七月望日、十月朔日、冬至、除歲，各祭祖先。祭品隨貧富所宜，或用牲醴，或止用隨時飲食。焚燒楮錢，不行古禮。人家多不立祠堂，雖士夫家祭，亦多從俗，古禮鮮有行者也。清明日墓祭，秋則少行。

軍中之樂，有鼙鼓，有哱鑼，有喇吧，有銅笛，有哵咧，有大鑼，有笛管，有銅鑼、銅鼓、節板。民間之樂，有習爲鼓手者，鼓用圓小花腔，笛用橫管。有杖鼓，有節板，爲一副樂。官府祭祀，惟文廟不用，餘祭皆用之。民間婚娶及慶賀事多用此。官府及大家宴會，易以大鼓，加以雲鑼。祭喪送喪，亦用鼓手之樂，仍吹海螺，以助哀聲。民間有歌工，俗謂小侑。習古今詞曲，鼓箏，撥琵琶，或彈三弦爲樂。官私宴會，俱用侑觴。瞽者亦多習此。更説唱古今雜劇，人家尤多用之。又有號爲子弟者，搬演古今戲文，公私大宴會則用之。

僧道修齋設醮，有動事，鼓鐺鐃鈸之類是也；有細樂，笙管雲鑼之類是也。

三河縣，人尚節儉，家務農種。

武清縣，人性慷慨，風俗樸茂，農勤稼穡，士務《詩》《書》。

漷縣，士農務於耕讀，婦女勤於蚕織。又曰俗使氣仗節。

寶坻縣，人多尚勇輕生，喜鬥健訟，貴奢華，賤節義，崇鬼神，棄醫藥。又曰君子業儒術、敦禮義，小人勤耕植、服商賈。

四時俗尚，及冠婚喪祭，與夫民間音樂，四縣大略與州相同。

通州志略卷之九終